動畫

屁屁偵探

8

屁屁偵探 動畫漫畫
出場人物介紹

屁屁偵探

隨時隨地都很冷靜。
喜歡熱騰騰的飲料和甜甜的點心
（特別是地瓜派）。
興趣是享受午茶與閱讀。
口頭禪是「嗯哼，有可疑的氣味哦」。

布朗

屁屁偵探的助手。
個性率真，但也經常因為
High 過頭而粗心大意。

汪汪警察局

濃眉刑警

尖耳刑警　　捲髮刑警

粗頸刑警

馬爾濟斯
局長

2

第1話

噗噗 布朗的偵探修業

無尾熊小妹

具有強烈正義感，
個性耿直的少女。

鎮上的小朋友們

總是在小鎮四處或是公園裡玩耍。

第2話

噗噗 猩皮總編輯的事件簿

骷髏妖怪

偷走猩皮總編輯
相機的犯人。

猩皮總編輯

《News 新聞報》的總編輯。

3

一邊閱讀
一邊找找看！

① 尋找綠色的屁屁！

有 8 個綠色的屁屁
隱藏在其中喔，
一起來找找看吧！

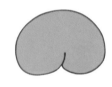

答案在第 122 頁喔 ➜

② 布朗的臉是被
什麼東西刺到？

在玩偵探遊戲的時候，布朗的臉
是被下面 4 樣東西中的哪一樣刺到？

玫瑰花　　　　仙人掌　　　　　筆　　　　　　叉子

好痛喔——

答案在第 126 頁喔 ➜

噗噗 第1話
布朗的
偵探修業

今天要做什麼呢？

來玩跟平常不一樣的捉迷藏吧。

什麼意思？

沙沙

沙沙

就是……

喞喞……

7

唉〜〜〜〜〜〜〜！

怎麼還沒人來委託工作呢——

你真是幹勁十足啊，布朗。

因為我可是幫忙解決了許多案件的優秀助手喔。

差不多可以從助手的身分畢業，出道成為偵探囉——

開玩笑

8

9

還─沒─

11

13

15

排排站~

我接受這份委託，但是負責解決這起事件的人……

什麼————!!!!

瞥

我會交給布朗。

其實，我們也是這樣想的。

慌張

咦咦

咦咦！

荒張

因為無尾熊小妹曾經說過……如果我被捲進事件當中，就找布朗幫忙解決。

無尾熊小妹嗎……但是為什麼？

立刻回答

21

偵探推理的
3大要點是什麼？

偵探小挑戰！

吃東西	記憶

喝東西	調查

保養肌膚	理解

偵探推理時必備的3大要點是什麼？
從左邊頁面選擇吧！

不管是哪一樣，都是
屁屁偵探會做的事情呢。

應該是吃東西吧。

地瓜派真的很好吃。

不是吧！是喝東西才對。

他喝紅茶的樣子超帥的！

不對～

保養肌膚也很重要喔。

是偵探在進行推理時
最重要的事喔。

23

公布
正確答案

吃東西

記憶

喝東西

調查

保養肌膚

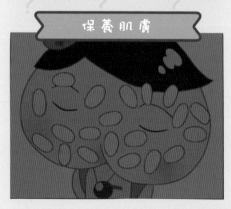

理解

布朗應該已經知道了吧。

是的！

| 記憶 | 調查 | 理解 |

才對！

答對了

就是這樣！

那麼，就依照這 3 個要點來解決這起事件吧。

喝，好！

首先必須知道無尾熊小妹在什麼情況下不見的。

那我們就再玩一次捉迷藏給你們看吧。

這樣真是幫了大忙。

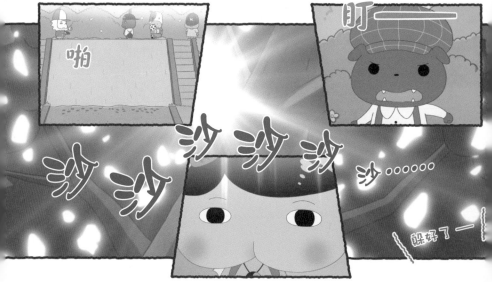

然後我就
一個一個找出
躲起來的小朋友。

嗯哼

請繼續說。

探頭

窸窣

探頭

找到了——

探頭

窸窣

可是只有無尾熊小妹
怎樣也找不到……

所以我們大家也
一起幫忙找……

好,請繼續說!

29

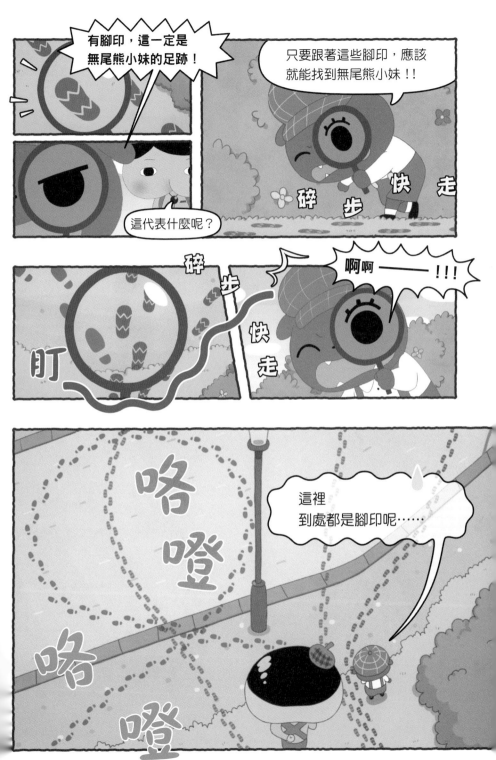

無尾熊小妹
到哪裡去了？

無尾熊小妹的腳印是哪個呢？
一定有線索喔。

哇——

這是別人的腳印。

別著急，
要冷靜的判斷！

好難喔——

延伸題

尋找 5 個屁屁！

這裡隱藏著 5 個屁屁
你找得到嗎？

公布
正確答案

啊！！

是無尾熊小妹的髮圈！

這表示
無尾熊小妹前往的地方是……

好景莊！！

就是這樣！

答對了

延伸題 的答案要自己找出來喔！

嗯哼……

緊握

静

悄悄

門是開著的呢。

好景莊

也就是說
無尾熊小妹在這裡面嗎？

咻哦哦哦..

讓我們跟著
腳印走走看吧。

好。

快走

快走

心驚

關上──

哇啊～～！有妖怪～～！！！

她該不會被
裡面的妖怪抓住了吧！

慌亂

慌亂

這裡沒有妖怪，
一定是風吹的關係。

別驚慌，先冷靜下來
仔細看看腳印。

啊

碎步
快
走

快
走

她沒有
進去裡面。

孤伶伶

這是……
無尾熊小妹的
背包。

看起來是呢。

咦?

裡面有東西。

窸窸窣窣

打開

啊——!

是無尾熊小妹的鞋子!

迅速

這表示無尾熊小妹
現在打赤腳嗎?

好!

要不要再
好好調查一下這附近的線索?

39

唉?!!

跟剛剛不一樣的腳印……

嗯哼
這表示什麼呢?

?

我想想

無尾熊小妹在這裡換穿了另一雙鞋後又離開了嗎?

一串

是的,好像是那樣。

雀躍♪

雀躍♪

果然沒錯——

唉?

可是,她為什麼要這麼做……

?

嗯哼,
這是一個好問題。

唰

因為腳印一直走到了這裡，
所以她應該是跟這些孩子會合了才對。

嗯

可以從**無尾熊小妹不見了**
那裡重做一次給我看嗎？

噠
噠
噠
噠

沒問題！！

無尾熊小妹
不見了。

往下滑

怎麼會這樣———？！

等等，我也要去！！

往下滑

43

這下腳印全都看不清楚了……

啊……

不過由於追蹤無尾熊小妹的腳印而到了這裡，離解決委託案已經很接近了喔。

咦……？

是理解！！

推理時必備的 3 個要點：除了記憶、調查外，還有最後一項是什麼？

可是我完全不理解啊——

46

47

49

沒有藏起來，
那就表示她混在眼前的
這些人當中！！

居然

無尾熊小妹
從一開始就在
這些人當中啊！！

嗯哼，就是這樣。
那麼，無尾熊小妹在哪裡呢？

嗯嗯……是跟怪盜U一樣
變裝了嗎？

尋找

東張

西望

排排站

等等喔，她換了鞋子，所以
有可能連衣服都換了……

加上把臉
遮起來……

咦

不過，為什麼
要這麼做呢？

太好了！！

...

點頭

無尾熊小妹，能請妳
按照順序說明一下嗎？

好。

然後從好景莊
的後面

刷

刷

我從樹叢
出來後，

偷偷 的

移動到
好景莊，

嗶
嗶
嗶 嗶
嗶

換上事先準備好的
衣服、帽子還有鞋子
完成變裝，

把髮圈拆下來
當線索，

放下

放在門前
跟庭院的石頭上。

前往公園，

和當時在那邊的 3 人會合。

你很厲害的找到無尾熊小妹了呢。

雀躍 雀躍

我做到了——!!

但是，無尾熊小妹為什麼要這麼做呢？

為什麼？

我想想……

靈光一閃

我知道了!!

因為比起捉迷藏，她可能更想要玩傳接球吧!!

不對!!你這樣也算是屁屁偵探的助手嗎？

逼近

咦？

55

才不是呢！！

逼近

吃驚

我知道了！
因為我是優秀的助手，
所以無尾熊小妹妳也想要當助手對吧？

大聲

斥責

你為什麼
像個大笨蛋！！！

說我人笨蛋……
好過分……

頹喪……

冷靜一點

我們是聽了
無尾熊小妹的想法，
才決定幫她完成這個計畫的。

來玩跟平常不一樣的捉迷藏吧。

汐汐

汐汐

計畫？

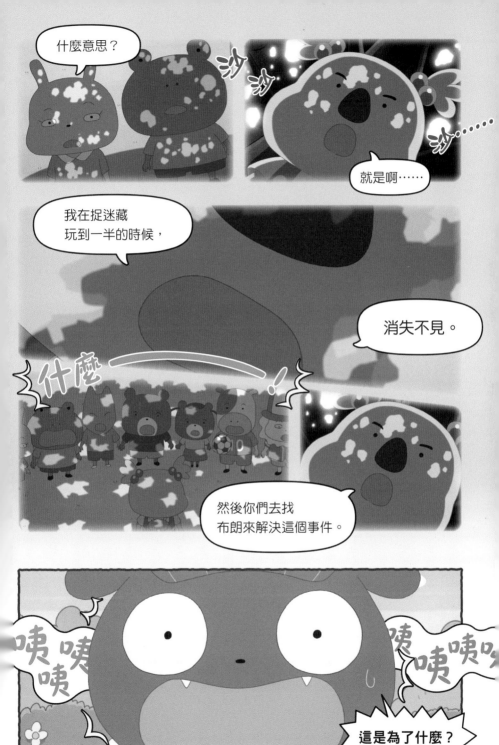

因為我希望
布朗你再加油一點！！

咦？

你不是想成為像屁屁偵探
那樣厲害的偵探嘛！

嗯……

假如是這樣，
你再不振作一點
怎麼行！！

不論是當屁屁偵探
的助手，

拍胸

或是成為我的
競爭對手都是！！

所以為了要讓布朗增加解決
事件的經驗，就算多一個也好，
無尾熊小妹才會計劃了這整件事。

咦……

我們大家也想
幫布朗加油，
所以就一起加入。

握拳

希望布朗
能早日成為
厲害的偵探！！

 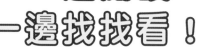 

一邊閱讀 一邊找找看！

1 尋找紅色的屁屁！

有 8 個紅色的屁屁
隱藏在其中喔，
一起來找找看吧！

答案在第 124 頁喔

2 尋找迷路的 7 兄弟！

花嘴鴨家族的 7 兄弟
毫不意外的又走失了！
一起來找找看吧！

答案在第 126 頁喔

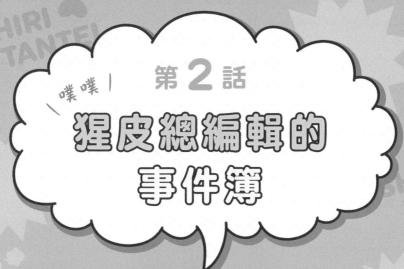

第 2 話

噗噗

猩皮總編輯的
事件簿

接二連三！蘋果失竊事件

咚

這陣子，
發生了多起蘋果失竊的事件！

啪

地點是大湖公園
附近的蘋果園。

就在 2 天前才剛又
發生過一次！

啪

那附近人煙稀少……

接二連三！
蘋果失竊事件

所以至今沒有任何

發抖 發抖 發抖 發抖 抖 發 抖 發抖

65

骷，骷
骷髏妖怪，
我沒聽錯吧？！

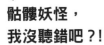

發抖發抖發抖
沒錯，就是骷髏妖怪
偷走了我的相機。

轉頭

騙
騙人！！

咦？

顫抖
顫抖
顫抖

骷髏妖怪這種東西
怎麼可能是真的……

你是說
我說謊嗎？！

激動

把小鎮上發生的事情如實寫成報導的我？！

呀～～～～！！！！

呃 啊
啊啊
啊啊
啊啊

啊……

發抖 發抖 發抖 發抖

不……

其實我並沒有生氣啦……

害怕 哎呀

我平常就是這個樣子……

躲起來

67

嗚嗚……

要是沒聽過那個傳聞，
不相信這件事也是無可厚非……

傳聞？

是的……

最近只要到了傍晚……

大湖公園附近
就會出現骷髏妖怪
的傳聞……

於是我就去採訪
在那裡進行調查的呼呼博士。

我要丟魔球了！

看我把球打回去！

大湖公園

感覺好像會有妖怪出現……

我們就是
來找妖怪的喔，
布朗。

嗚嗚
對喔……

哼

呃……

看我的新魔球！！

一決勝負吧！

只有那兩個小朋友
還是跟平常一樣。

咯噔

咯噔

咯噔

咯噔

明明大家都很害怕，
不敢靠近……

73

骷髏妖怪在
蘋果園那裡……

也就是說……

咦？

我問你們，
你們之前有看過
骷髏妖怪嗎？

什麼？！

有看過吧？

嗯，看到了喔，
之前在蘋果園……

什麼

真的有看到骷髏妖怪？

害怕

76

但是……你們兩個！
沒有說謊吧？

激動

是真的！

生氣

我們兩個
才沒有說謊呢！

逼近

吼來

要是沒說實話，
可不會饒過你們喔！！

那你們自己
去看啊！

吼去

這樣就會知道那是
真的了！

咳咳

?!

總之我們先去
蘋果園看看吧。

嗚
嘻
嘻
嘻

嘻
嘻

嗯哼……

還真是奇怪的
巧合呢……

？

咦？

首先先把小朋友說的那棵
梨子樹找出來吧。

那裡應該會有
事件的線索才對。

毛骨悚然

79

哪條路通往梨子樹？

哪一條路能夠最快走到梨子樹呢？
紅色的是蘋果，黃色的是梨子喔。

延伸題

尋找
5 個屁屁！

這裡隱藏著 5 個屁屁
你找得到嗎？

81

公布
正確答案

延伸題

還有另一條路
也可以走到梨子樹喔。
大家都知道了嗎？

延伸題

答案要自己找出來
喔！

85

89

偷蘋果的小偷
在哪裡？

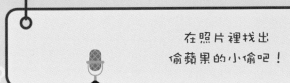

在照片裡找出
偷蘋果的小偷吧！

該不會是
呼呼博士
他們兩位吧？

不是，
他們當時應該正在
調查妖怪。

是不是那個
正在睡覺的人啊？

公布正確答案

提示是
相機被埋起來的地方。

原來如此！梨子樹的下面！

答對了

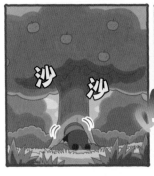

換句話說……你既是
最近蘋果連續失竊案件的犯人，
同時也是偷走猩皮總編輯相機
的骷髏妖怪。

嚴正一指！

唔唔唔……

你故意……

扮成骷髏妖怪，
在大湖公園附近出沒
製造傳聞，

晃～

空無一人……

就是為了讓大家不敢靠近，

然後堂而皇之的
偷走附近蘋果園
的蘋果。

就算不小心被人看到，

也會認為這一切都是
骷髏妖怪做的，

只要不被認出真面目
就沒關係……

唔唔……

就是你說的那樣！
相機
的確是我偷的。

哼

嗚哇
你還
真清楚呢……

為了讓事情看起來
像是骷髏妖怪做的，
我穿著那身裝扮潛入……

總編輯
猩皮拳頭

拉開

那是我的相機。

嗚哇……

奸笑

嗚
嘻
嘻
嘻
嘻
嘻

之後正打算把相機
丟進湖裡的時候……

伸

晃過來

喔耶喔耶

沒想到卻有人
經過，

緊張

?!

啊……

快步
離開

放入

不得已只好先
把它藏在洞裡……

拍

拍

103

107

111

蘋果連續失竊案件偵破

終於逮捕到嫌犯

近日連續發生多起蘋果、梨子等水果遭竊的事件，經過汪警察局明查暗訪的結果

骷髏妖怪，也是他假扮的。為了防止類似事件再度發生，汪警察局已加強巡邏。針對這

▲ 被警方帶走的吳基衛門

又圓又重……

嗯哼

屁屁偵探，
這個蘋果好好吃喔。

鮮紅透亮

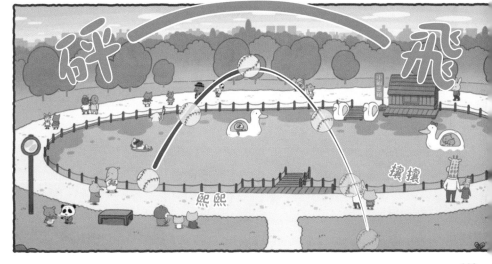

尋找屁屁 正確答案

第 1 個　第 7 頁

第 2 個　第 11 頁

第 3 個　第 15 頁

第 4 個　第 20 頁

揭曉

第 5 個 第 36 頁

第 6 個 第 39 頁

第 7 個 第 48 頁

第 8 個 第 55 頁

尋找屁屁 正確答案

揭曉

第 **5** 個　第89頁

第 **6** 個　第95頁

第 **7** 個　第109頁

第 **8** 個　第118頁

正確答案揭曉

布朗的臉是被什麼東西刺到？

刺

刺

好痛～～～～啊！！

仙人掌

尋找迷路的 7 兄弟！

第 78 頁

第 78 頁

第 80（82）頁

第 88 頁

第 95 頁

第 104 頁

第 109 頁

大家都找到了，真好呢

國家圖書館出版品預行編目（CIP）資料

屁屁偵探動畫漫畫. 8, 噗噗 布朗的偵探修業 /
　Troll原作；張東君譯. -- 初版. -- 臺北市：遠流
　出版事業股份有限公司, 2023.06
　128面；21×14.8公分
　譯自：アニメコミックおしりたんてい8. ププッ
ブラウンのたんていしゅぎょう
　ISBN 978-626-361-129-0（平裝）

　1.CST: 漫畫

947.41　　　　　　　　　　　　　　112007211

アニメコミックおしりたんてい8 ププッ ブラウンのたんていしゅぎょう

屁屁偵探動畫漫畫8 噗噗 布朗的偵探修業

原作／Troll
動畫製作／東映動畫株式會社
劇本／米村正二（「噗噗 布朗的偵探修業」）
　　　大草芳樹（「噗噗 猩皮總編輯的事件簿」）
日文版漫畫編輯／石黑太郎（Studio Dunk）
日文版版面設計／山岸蒔、鄭ジェイン、宮川柚希（Studio Dunk）
日文版封面繪圖／真庭秀明、菅野俊（東映動畫株式會社）
協力／東映動畫株式會社

譯者／張東君

主編／張詩薇　美術設計／郭倖惠　編輯協力／陳采瑛

總編輯／黃靜宜　行銷企劃／沈嘉悅
發行人／王榮文
出版發行／遠流出版事業股份有限公司
地址：104005台北市中山北路一段11號13樓　電話：(02)2571-0297　傳真：(02)2571-0197
郵政劃撥：0189456-1
著作權顧問／蕭雄淋律師
輸出印刷／中原造像股份有限公司
□2023年6月30日　初版一刷　　□2023年9月15日　初版二刷
定價300元
若有缺頁破損，請寄回更換
有著作權·侵害必究　Printed in Taiwan
ISBN 978-626-361-129-0

YLib 遠流博識網　http://www.ylib.com　E-mail: ylib@ylib.com
遠流粉絲團 https://www.facebook.com/ylibfans